AF440300

MESSIEURS

CONSIDERANT

ET

PROUDHON

JUGÉS PAR EUX-MÊMES

POUR EN FINIR AVEC M. PROUDHON

PAR M. CONSIDERANT

POUR EN FINIR AVEC M. CONSIDERANT

PAR M. PROUDHON.

Prix : 15 centimes.

PARIS

GEORGES DAIRNVÆLL, ÉDITEUR,

15, RUE DE SEINE.

—

1849

I

POUR EN FINIR AVEC M. PROUDHON.

Omnia invidiosè pro dominatione.
(Variante de TACITE.)

D'abord nous en demandons bien pardon à nos lecteurs. Il nous en coûte de remuer ce mélange de violence, d'outrecuidance et de détraction haineuse·qui fait le fond de l'école de M. Proudhon et la substance de son journal. Mais nous y sommes contraints, et nous avons hâte, une bonne fois, d'en finir.

Il est nécessaire, pour aller plus vite, de reproduire une lettre contenue dans la *Démocratie* de dimanche dernier ; c'est le résumé de la ridicule affaire qui doit encore nous occuper deux minutes :

A. M. PROUDHON,
RÉDACTEUR EN CHEF DU JOURNAL *le Peuple.*

Le Peuple nous a lancé une accusation de *trahison* et *d'apostasie* fondée sur *une ligne et demie,* détachées d'un article de deux grandes colonnes, contenu dans la *Démocratie pacifique* de lundi dernier.

La *Démocratie* a signalé cette incroyable accusation au rédacteur en chef du *Peuple,* en l'invitant à surveiller les entrefilets qui se glissent dans sa rédaction.

Le Peuple a répondu à la *Démocratie* en maintenant contre elle ces accusations aussi étranges qu'étrangement motivées, y ajoutant assez directement même un nouveau chef non moins étonnant, celui de complicité avec M. Léon Faucher et sa proclamation de lundi !

L'article incriminé, et que, contrairement à l'habitude que j'ai cru devoir prendre depuis que je suis représentant, j'avais oublié de signer, est de mon fait. De·vant l'accusation du *Peuple,* je le réclame, et je revendique la responsabilité de tous les termes qu'il contient.

Ma réponse au nouvel article du *Peuple* est écrite, et j'allais ce soir la donner à la composition, quand j'ai été informé que M. Proudhon se déclarait étranger à la polémique engagée entre les deux journaux, et affirmait n'en avoir pas encore pris· connaissance.

Nous avons déjà donné trop de preuves de notre détermination d'éviter, en ce qui nous concerne, entre les divers organes de la démocratie et du socialisme, quelque différentes et opposées que puissent être leurs idées, tous débats autres que des débats de doctrines, pour n'être pas disposé à ajouter à nos antécédents une nouvelle preuve de modération.

Nous suspendrons, en conséquence, notre réponse, pour prier le rédacteur en chef du *Peuple,* M. Proudhon, de vouloir bien nous faire connaître, par la voix de son journal, s'il maintient les accusations introduites à son insu contre la *Démocratie* dans le *Peuple,* et s'il s'y associe.

V. CONSIDERANT,
Représentant du peuple.

Voulez-vous savoir pourquoi cette lettre a paru dans la *Démocratie* au lieu et place de l'article déjà écrit, qui s'adressait à MM. de la rédaction du *Peuple ?* — *C'est M. Proudhon qui me l'avait demandé.* Averti par moi que j'allais lui répondre *de bonne encre*, convenant que l'accusation des siens, contre nous dirigée, était absurde; en présence d'une indignation déplacée de ma part, parce que ce n'est pas ce genre de sentiment que doit provoquer une maladie de l'esprit, bien constatée. M. Proudhon m'a assuré qu'il était étranger à l'accusation portée par son journal, qu'il ne la connaissait même pas encore. *Il m'a invité à lui déférer une seconde fois* directement et nominativement dans la *Démocratie, afin que, mis de nouveau en demeure d'intervenir, il pût la vider convenablement.* C'était samedi dernier. Beaucoup d'autres n'eussent consenti qu'à suspendre leur réponse. J'acceptai de faire une avance nouvelle, précisément parce que c'était déjà excessif, et qu'en fait de modération envers les socialistes les plus compromis, il me convenait, dans un temps comme celui où nous vivons, de pécher par excès. Je me conformai immédiatement, en publiant dimanche matin la lettre ci-dessus, *à l'invitation de M. Proudhon.*

Voulez-vous savoir comment cette démarche, demandée par M. Proudhon, a été accueillie? Voici la réponse de son journal à ma lettre. (*Peuple* de lundi dernier.)

« M. Proudhon ne connaissait point cet incident; *il en prendra connaissance et répondra plus tard à M.* Considerant. En présence de l'audace des royalistes et de la ténacité stupide d'un ministère flétri par l'opinion et condamné par l'Assemblée, *une polémique personnelle entre* la Démocratie *et nous serait plus qu'inconvenante.*

« Nous ne *sachons pas toutefois que nous ayons à revenir* sur le jugement que nous avons porté *sur la phrase inqualifiable* qui a donné lieu à notre critique. »

Voilà le procédé de l'homme. Le *dieu* n'a pas le temps de songer à répondre à la démarche qu'il a provoquée. Nous repasserons plus tard, quand le *dieu* sera disposé. En attendant, les *demi-dieux* maintiennent leur *calomnie stupide.* Ils l'aggravent même en disant en tête de leur note, pour envenimer leurs morsures, que notre article a été publié « le lendemain de l'émeute ministérielle; » ce qui est faux, puisque l'article, écrit le dimanche, a paru le lundi matin 29 janvier, quand personne ne soupçonnait encore cette émeute. Mais à quoi bon ces détails? Nous ne discuterons pas des outrages émanés de cerveaux malades. Sans doute la première accusation pouvait paraître une simple extravagance, mais la persistance, jointe aux procédés du maître, montre bien que le dérangement est devenu endémique et fixe dans le groupe, et la folie, chronique.

La folie, est incontestablement un cas d'*excuse* et d'*irresponsabilité.* Il faut reconnaître cependant que toutes les folies ne sont pas également intéressantes. Il y en a qui inspirent un fort *légitime dégoût, celle-ci* est du nombre.

Depuis longtemps nous avions reconnu, à des signes trop certains, *cette triste maladie de l'esprit* qui a inspiré successivement le *Représentant du peuple, le Peuple,* et donné à presque tous les écrits sortis de la plume du citoyen Proudhon cette *odeur de haine* et *cette couleur fauve* qui les caractérisent. Souvent nous nous en sommes entretenus à *la Démocratie.* Nous avions été d'avis de tenter le traitement de l'infirmité à grandes doses de condescendance et de bons procédés, Nous avions pensé que peut-être, à force d'opposer la raison et la courtoisie à la déraison et à la violence, nous viendrions à bout de cette fiévreuse personnalité, de cette surexcitation de l'orgueil, de cette envieuse manie d'accusation, de dénigrement et de destruction de tout ce qui n'est pas soi. Nous désirons pour l'honneur et dans l'intérêt du socialisme, que ses éléments, les plus opposés dans leurs allures, donnassent, entre eux du moins, aux partis adverses, l'exemple d'une discussion honnête et loyale, d'une critique réciproque complètement libre quant à l'examen des idées, mais marquée aux caractères de la tolérance, de la bonne foi, de la modération, de la raison. — *Nous avons perdu notre temps et notre huile, et nous reconnaissons la maladie pour incurable.*

Libre donc à vous, messieurs du *Peuple, de fouler aux pieds les plus élémentaires notions du savoir-vivre, et d'outrager* SOTTEMENT *des confrères qui ne vous ont jamais fait de mal,* qui même vous ont rendu fort souvent le bien pour le mal. Mais il y a un point où, si grand qu'il soit, cesse l'amour de la concorde ou du moins de la neutralité, c'est quand l'*indignité des procédés devient un système.* Que venez-vous nous parler des royalistes et du ministère, de l'ennemi commun, quand vous maintenez contre nous votre *méprisable* accusation d'apostasie et de trahison ? C'est encore à ajouter au compte de votre délire. Car comment osez-vous parler des nécessités de l'accord entre nous quand vous nous insultez gratuitement à trois ou quatre reprises consécutives en douze jours? et quel inconvénient y a-t-il à une polémique comme vous dites, entre vous et nous, devant les royalistes et le ministère, si nous sommes, comme vous persistez à le maintenir, des apostats et des traîtres à la démocratie? Voyez-vous bien *que le grain de raison qui vous reste* vous prend en flagrant délit de *faux témoignage* contre ce que la *fièvre d'orgueil* vous a laissé de conscience.

Nous avons été curieux de pousser l'expérience jusqu'au bout. Voilà six jours que l'homme qui nous a demadé une démarche, que nous avons eu la bonhomie de faire, a laissé maintenir pour la troisième fois dans sa feuille l'absurde calomnie dont il ne peut plus prétexter l'ignorance et n'a pas daigné nous répondre...

Monsieur Proudhon, vous avez dépassé à notre égard toutes les bornes, vous et les vôtres... Eh bien ! recevez-en nos remerciements profonds.

Dans ce que nous considérions comme l'intérêt général du socialisme, par un point d'honneur dont nombre de nos amis nous ont reproché l'excès, nous vous avions en maintes circonstances, tout en distinguant profondément entre vos vues et les nôtres, mille fois trop ménagé. Merci donc d'une conduite qui n'a aucun nom dans la langue des gens qui se respectent; merci ! car elle nous fait désormais, non pas seulement un droit, mais un devoir impérieux de vous traiter comme vous le méritez, et de marquer, en termes qui ne permettront plus du moins qu'on nous confonde, l'abîme qui sépare notre socialisme pacifique, démocratique et organisateur, de *votre socialisme destructeur et sauvage.* Les apôtres les plus naïfs de l'union de tous les socialistes sauront du moins, grâce à vous, *qu'il en est parmi ceux-ci d'atteints de manies furieuses, et qu'on ne peut cependant se laisser dévorer sans rien dire.* Écoutez-moi donc, monsieur Proudhon ; vous l'avez voulu, je vais vous faire en peu de mots votre histoire :

Vous n'avez vécu que de dénigrements et de morsures ; vous ne vous êtes fait un nom que par la détraction de ceux-là même dont vous exploitiez les idées ; car vous n'avez rien, rien, entendez-vous, rien de sérieux à vous, pas une miette d'idée, pas un brin de pensée, même dans le bagage si plaisamment enflé de votre banque d'échange.

Votre tapage en peut bien faire accroire fort gros *aux ignorants ;* ceux qui ont quelque étude des questions sociales n'en ont pas un instant été dupes.

Vous n'avez rien à vous *que le génie de la détraction ;* et, ce que vous avez parce que vous l'avez pris, vous ne l'avez payé qu'*avec la fausse monnaie du zoï-*

lisme audacieux qui est toute votre richesse. C'est pourquoi l'on comprend que vous ayez dit : *La propriété c'est le vol.*

Vous avez pris vos thèses, vos antithèses et vos synthèses aux Allemands ; c'est le procédé vulgaire de leur dernière évolution philosophique.

Vous avez pris à Rousseau, aux saints-simoniens, aux communistes et à d'autres, la négation de la propriété, et vous n'y avez ajouté que les violences que vous avez suscitées contre, et que vous déclarez aujourd'hui parfaitement inutiles et par conséquent détestables.

Vous avez pris aux saints-simoniens la donnée de l'abaissement indéfini du taux de la rente. Ceux-ci voulaient arriver au terme zéro par l'excitation d'un dévouement religieux et par la multiplication de ce signe de valeur, — ce qui avait du moins un sens.

Vous avez pris à Fourier toute votre machine de banque d'échange, qui n'était, dans votre esprit, autre chose qu'une absurde application, à des individualités morcelées, des trois principes du système des échanges, produit par celui-ci sous les noms de *consignation continue, évaluation antérieure* et *compensations arbitrées,* mais qu'il a eu le bon sens d'appliquer à des groupes, à des associations, à un milieu préparé pour le recevoir.

Et vous avez si peu compris votre prétendu système, votre soi-disant découverte de la banque d'échange, *ce système que nous-mêmes, qui le connaissions avant vous, nous avons eu tant de peine à dégager des obscurités de votre esprit et des nébulosités fantasmagorico-transcendantes dont vous l'avez si longtemps enveloppé pour en faire causer les badauds et pour vous tirer d'affaire,* qu'il y a deux mois encore vous déblatériez contre les associations, sans lesquelles vous ne lui ferez pas faire un pas, à *votre* système ! Et vous l'aviez si peu comprise, votre découverte, que *sans le secours d'un ancien phalanstérien qui vous y a mis des pièces et des morceaux,* qui en a fait *quelque chose* comme un plan d'organisation des comptoirs nationaux de Fourier et de ses banques annexes, *vous vous y étiez noyé, car vous y pataugiez depuis deux mois, si tristement et si misérablement, que c'était à faire pitié à vos adversaires...*

Voyons ! *génie sublime, grand inventeur, père du peuple, sauveur du monde,* vous qui, pour prendre les expressions *enflées par votre propre orgueil,* êtes arrivé « en passant au creuset de la critique les diverses parties du symbole social, « par une longue et laborieuse analyse, à la découverte des principes supérieurs « dont la formule algébrique est énoncée dans cet Acte ; » voyons ! essayez de nous dire ce qu'il y a à vous et de vous dans votre Acte, si ce n'est le plaisant aplomb, mais l'aplomb seul, — car la formule n'est pas de vous, — avec lequel vous stipulez et décrétez, art. 9 dudit Acte, *que tout capital est improductif ?*

Voyons ! répondez, qu'avez-vous fait ? qu'avez-vous créé, qu'avez-vous découvert ? Vous qui déclarez si modestement que, « dans votre pensée la plus intime, « tout le socialisme » est en vous, et que, hors de vous, « il n'est qu'utopie et « chimère, » édifiez-nous un peu sur ce qui est en vous, car enfin, si vous êtes le Dieu socialiste, nous avons hâte de vous adorer.

Eh bien ! c'est moi qui vous le dis, et vous ne prouverez pas le contraire. Ce que vous avez créé, ce que vous avez découvert se réduit à trois mots : *Rien ! Rien ! Rien !* — un *Zéro* très-gros, très-boursoufflé, plein de tapage et de venin, j'en conviens ; mais un zéro en chiffre et pas autre chose, voilà votre compte. Vous avez, pardieu ! bien raison de demander le crédit gratuit !

Vous vous dites, modestement, le socialisme, le socialisme incarné, tout le socialisme. Pour qui prenez-vous le public, et comment n'avez-vous pas de honte? Parce que ces formules extravagantes imposent à quelques innocents, vous ne comprenez donc pas qu'elles vous couvrent de ridicule, et que c'est justement quand elle veut se faire grosse comme un bœuf que la grenouille crève! Grosse comme un bœuf, je suis bien bon; c'est comme un monde que la *povera* se veut faire; car enfin, le socialisme, c'est le problème de la société présente et future tout entière. Vous prenant avec votre banque (qui n'est pas à vous) pour votre socialisme, vous êtes bien plus curieux à voir que la grenouille.

Vous vous croyez tout le socialisme, et vous le dites la main sur la Constitution et sur l'Evangile. Eh bien! la main sur ma conscience, tout simplement, je vous dirai moi ce que vous avez été et ce que vous êtes du socialisme : *vous en avez été et vous en êtes l'Erostrate*.....

Vous avez *tout abîmé, tout brûlé*, monsieur Proudhon... POUR VOUS FAIRE UN NOM.

Vos pères intellectuels, ceux de qui vous avez tiré quelque nourriture, *vous avez tenté de les égorger*. Il est juste de dire que vous y avez réussi comme le serpent sur la lime.

Vous avez lancé contre la propriété des attaques furibondes, propres à incendier les esprits faibles et les âmes ardentes, et vous n'avez pas même l'excuse d'une conviction révolutionnaire et d'un but quelconque, car en produisant aujourd'hui ce qui est TOUT LE SOCIALISME, la banque (qui n'est pas à vous), vous protestez « qu'en faisant la critique de la propriété, ou pour mieux dire de l'ensemble d'in-« stitutions dont la propriété est le pivot, vous n'avez jamais entendu ni attaquer « les droits individuels reconnus par les lois antérieures, ni contester la légitimité « des possessions acquises, ni provoquer une répartition arbitraire des biens, ni « mettre obstacle à la libre et régulière acquisition, par vente et par échange, des « propriétés, ni même interdire ou supprimer par décret souverain la rente fon-« cière et l'intérêt des capitaux. » Quels prétextes, en présence d'une telle déclaration, restent donc à vos fureurs révolutionnaires contre la propriété, et où trouvez-vous maintenant, pour me servir des expressions de votre journal, *l'excuse et la moralité de l'insurrection* intellectuelle que vous avez tant contribué à allumer contre elle? quel sens avaient et ces fureurs et cette insurrection pour aboutir à cette déclaration et à l'organisation de quoi ?... d'une banque en commandite sous la raison *P.-J. Proudhon et C*ie, qu'il vous était parfaitement facultatif de propager et de réaliser sous toutes les lois et sous tous les régimes?

Vous l'avez dit, citoyen Proudhon, le socialisme c'est vous; et tout ce qui n'est pas vous ou votre banque (qui n'est pourtant pas à vous) est utopie et chimère, — même les associations contre lesquelles vous avez tant crié, et sans lesquelles cette banque (qui n'est pas de vous) reste, pratiquement, absurde.

Cette révélation, si plaisante, de votre personnalité en délire, explique pourquoi vous avez été l'Erostrate du socialisme. Vous vous sentiez Tout, vous vous sentiez Dieu, et vous sentiez en même temps le besoin de vous rendre à vous-même un culte exclusif. En même temps que vous étiez Dieu, vous vous adoriez vous-même, vous nourrissiez, pour votre divinité, le zèle fanatique et intolérant du sectaire.

C'est ce qui fait que vous avez rendu au socialisme tant de services! que vous avez fourni les meilleures armes et les prétextes les plus sûrs à ses adversaires! que vous avez sacrifié le *droit au travail* à la joie d'un absurde paradoxe ajouté à tous ceux *sur lesquels vous aviez échafaudé le piédestal de votre triste gloire !* que vous avez tourné et irrité contre le socialisme tout entier, et très-gratuitement, d'après votre déclaration d'aujourd'hui, tous les intérêts, même les plus légitimes d'après vous, de conservation et de propriété ! que vous avez ravagé les esprits, allumé et soufflé le feu dans les intelligences inflammables ! c'est pour cela enfin que, dépassant votre modèle qui n'avait brûlé que le temple, entraîné par votre aveugle monomanie de ruine universelle, vous avez été jusqu'à vous brûler, vous le Dieu, dans le temple lui-même !

Et savez-vous pourquoi vous avez fait cela ? Oui, vous le savez ; mais je vais le dire pour les autres : *C'est parce que si votre nom historique et extérieur est Erostrate, votre nom intime est bien plus sinistre encore : Vous vous appelez* DESTRUCTION.

Cela, je le sais, et vous en jouissez, constitue une grandeur. Cette grandeur, je ne la conteste pas, et je vous plais en ajoutant ici que l'histoire ne conteste pas non plus la grandeur d'Attila. *Il y a de grands fléaux sous la main de Dieu*, et je n'hésite pas, pour ma part, à voir en vous un *homme providentiel*. Vous voyez que le dédain que je vous cache peu pour votre génie de création, et le ressentiment de vos procédés et de vos outrages (qui, à dire vrai, ne nous ont pas plus touché que surpris) ne me rendent du moins, envers vous, ni injuste ni aveugle. Je ne vous diminue pas. Je confesse votre puissance de *destructivité*, vous en avez le génie ; la force de vos dents, le caractère dangereux de leurs morsures ; je ne vous ôte rien de ce qui est à vous : je vous proclame un des grands et légitimes châtiments envoyés à un monde corrompu par les orgies de cupidité, d'avidité, d'égoïsme, d'exploitation et de spéculation où la propriété s'était vautrée sous le dernier régime.

Je vous trouve, en un mot, dans la sphère des principes et des idées, ce caractère mystérieux, fatal et sacro-saint que de Maistre trouvait à la *guerre* dans le domaine des faits, et qu'il retrouvait dans la conception antique et quasi-pontificale du BOURREAU.

Vous êtes donc un instrument et vous servez à quelque chose.

Vous avez d'abord servi, comme je viens de dire, à punir le vieux monde, à activer sa dissolution, à secouer et à broyer les pourritures financières du capital égoïste, agioteur, spéculateur et satisfait.

Vous avez servi, par les colères et les passions que vous avez allumées de toutes parts, avec ou contre vos formules, à forcer les esprits à se préoccuper du socialisme en donnant à celui-ci les proportions d'un fantôme destructeur et terrible sur lequel il n'était plus possible de faire silence.

Vous allez servir, et nous vous remercions de nous avoir contraints à vous y employer dès ce jour, à mettre bientôt en lumière les éléments organisateurs, conciliateurs et pacifiques du socialisme, par antithèse et contraste avec les allures de votre socialisme échevelé, anarchique, destructeur.

Vous servez, enfin, les vérités salutaires de notre âge, comme le dénigrement et la détraction servent toujours les vérités nouvelles en leur rendant hommage et les faisant choses éprouvées, à mesure que vous prouvez mieux votre impuissance contre elles. Quant à ce qui est faux et mauvais, y compris ce qui sort de vous, la fonction que vous accomplissez fatalement en fait elle-même justice.

Vous voyez bien que je ne réduis pas votre rôle.

Il est cependant une illusion que vous nourrissez et sur laquelle je suis obligé de vous désabuser. C'est par là que je termine.

Vous vous êtes figuré, parce que vous avez été l'objet des plus vives attaques des réactionnaires et des adversaires du socialisme, que ceux-ci vous considéraient comme l'élément le plus fort, le seul fort même du socialisme. Eux-mêmes ont soin de crier cela sur les toits et d'entretenir l'illusion. Eh bien ! ils font tout simplement de la bonne tactique, et ils se moquent de vous. Ils vous ont fait jouer ce rôle qui vous agrée, parce qu'ils vous savaient le plus vulnérable de tous. Avec vous, la victoire leur était facile. Ils n'avaient qu'à prendre vos principaux paradoxes et à les montrer au bon sens pour le révolter, à la société pour lui faire peur.

Voilà, avec votre style souvent fort et les propriétés que je vous ai ci-dessus reconnues, le secret des honneurs qu'ils vous ont faits. Ils ont eu l'air de croire avec vous que vous étiez tout le socialisme, pour s'en facilement défaire, comme ils ont eu l'air aussi de croire avec vous que le *droit au travail* était la destruction du *droit de propriété*, pour se facilement défaire du *droit au travail*. Voilà leur jeu. Vous en avez été la dupe. Je vous entretiendrai peut-être un peu plus au long, une autre fois, de cette mystification, qu'on fera durer aussi longtemps que possible. Aujourd'hui, il ne me reste qu'à vous remercier bien sincèrement, au nom des socialistes pacifiques, conciliateurs et organisateurs, qui ont pour principe l'association libre et volontaire, du service que vous venez de leur rendre en les déliant de l'obligation qu'ils s'étaient faite, à leur grand détriment, de ne point tirer sur vous dans les circonstances actuelles.

J'ajoute que, si vous m'aviez quelque reconnaissance pour les vérités que je vous ai dites, je vous prierais de me le témoigner en recommandant à vos rédacteurs de nous outrager, calomnier et insulter tous les jours, d'ajouter à l'apostasie, à la trahison, à la couardise à la complicité avec M. Léon Faucher et avec la réaction, tout ce qu'ils pourront trouver dans leur riche vocabulaire.

Cela faisant, ils rendront à nos idées et à la cause du *bon* socialisme (bien des pardons de l'expression, nous croyons que c'est le nôtre) les plus signalés services.

V. CONSIDERANT.

(*Démocratie pacifique.*)

II

POUR EN FINIR AVEC M. CONSIDERANT.

Omnia serviliter pro dominatione.

(Restauration d'un texte de Tacite falsifié
par M. Considerant (1).)

Il y a désormais quelque chose de trop sur la terre. Ce quelque chose est ou la *Banque du Peuple* ou la boutique de M. Considerant. La coexistance de ces

(1) M. Considerant ayant pris pour épigraphe de son article ces quatre mots latins : *Omnia invidiosè pro dominatione.* Tout par envie pour arriver au pouvoir, lesquels sont une altération d'un passage de Tacite, j'ai cru devoir, dans ma réponse, rétablir le texte vrai : *Omnia serviliter pro dominatione.* Tout par servilisme pour arriver au pouvoir. Le lecteur jugera duquel des deux, M. Considerant ou moi, a voulu parler l'historien.

(*Note de M. Proudhon*).

deux établissements philantropiques impliquant nécessairement contradiction et scandale, il faut, pour la raison et la morale publique, que l'un ou l'autre disparaisse. M. Considerant l'a compris : je l'en félicite, je l'en remercie. Le phalanstère m'ennuyait autant au moins que la Banque du Peuple porte ombrage à M. Considerant. Et puisqu'il a plu à mon honorable concurrent de commencer la bataille, je ne ferai pas faute à la besogne. Aussi bien, le public a hâte de savoir si le socialisme contient quelque chose ou rien.

L'attaque de M. Considerant est divisée en deux parties : la première a rapport à un incident soulevé par lui à l'occasion de la polémique engagée depuis six semaines entre la *Démocratie pacifique* et *le Peuple;* la seconde n'est qu'une diatribe, bête et méchante, contre mes idées et ma personne.

Vidons d'abord l'incident.

Dans le numéro de la *Démocratie pacifique* du 4 février, M. Considerant me fit l'honneur de m'adresser la lettre qui suit, et qu'il vient de reproduire, en tête de sa philippique, dans le numéro d'hier du même journal.

(Suit la lettre de M. Considerant que nous avons publiée plus haut).

Les faits rapportés dans cette lettre sont, en ce qui me concerne, exacts. C'està-dire que pendant trois semaines je suis resté absolument étranger à la rédaction du *Peuple;* que je n'avais nulle connaissance de la polémique soulevée entre ce journal et le journal de M. Considerant; que je fus tout ébahi quand celui-ci s'en vint, le 3 février au soir, à la sortie de l'Assemblée, m'adresser des interpellations personnelles au sujet de cette polémique ; et qu'enfin je lui dis qu'il n'avait qu'à m'en écrire, et qu'après avoir examiné les pièces, je verrais à lui donner, s'il y avait lieu, satisfaction.

Le lendemain, en effet, parut dans la *Démocratie pacifique,* la lettre qu'on vient de lire, et à laquelle, après réflexion, je crus ne devoir faire aucune réponse.

M. Considerant se récrie fort aujourd'hui contre « l'indigne procédé » dont je me suis rendu coupable à son égard, en ne répondant pas à sa lettre. Suivant lui, j'ai « dépassé toutes les bornes ; » et c'est afin de réprimer « cette personnalité fiévreuse, cette surexcitation de dénigrement et de destruction de tout ce qui n'est pas moi ; » c'est afin de « marquer, en termes qui ne permettront plus qu'on les confonde, l'abîme qui sépare le socialisme pacifique, démocratique et organisateur, du socialisme destructeur et sauvage, » que lui, M. Considerant, poussé à bout, las « d'opposer la raison et la courtoisie à la déraison et à la violence, » s'est résigné à publier sa réponse !

Il faut avoir eu l'esprit hébété pendant vingt ans par les vapeurs méphytiques du phalanstère, pour se conduire d'une façon aussi niaise que l'a faite en cette circonstance **M. Considerant.**

Les interpellations de M. Considerant, — je m'en réfère à sa lettre, — bien loin d'être conciliantes, étaient tout impératives, menaçantes même, exprimées en style de maître d'école parlant à un petit garçon. Raison pour que je ne répondisse pas. Qui donc, je le demande à tout homme d'honneur, aurait obéi à de telles injonctions ?

Mais la forme était encore peu de chose ; c'est le fond qu'il faut voir. M. Considerant dit en propres termes : « Ma réponse au nouvel article du *Peuple* est écrite, et j'allais ce soir la donner à la composition, quand, etc. » — Et plus bas : « Nous suspendrons, en conséquence, notre réponse, etc. »

Il est clair que j'étais sous le coup d'une menace, de la menace d'un article de

M. Considerant. Eh bien ! j'ai voulu le voir, ce terrible article ; j'ai voulu savoir ce que M. Considerant avait au fond du cœur. Le premier mouvement est toujours le plus véridique ; et je m'en fiais beaucoup moins, pour être renseigné sur les véritables sentiments de mon honorable antagoniste, à une transaction anodine sur les vivacités de la rédaction courante du *Peuple*, qu'à un article préparé de longue main, et tenu en réserve par M. Considerant contre le rédacteur en chef. Autant aujourd'hui que plus tard, me dis-je ; il faut en finir. — Voyez comme les beaux esprits se rencontrent ! — Avec M. Considerant.

Et M. Considerant, qui avait eu la bonhomie de me dire dans sa lettre : « Ma réponse est écrite ; je vais la donner aux compositeurs ; mais j'en suspendrai la publication..... » M. Considerant, qui avoue la préméditation de sa diatribe ; M. Considerant, qui déclare avoir voulu exercer contre moi ce chantage d'un nouveau genre, ose aujourd'hui mettre sur le compte de l'indignation que lui a causée mon inqualifiable procédé, la publication de son factum ! Comme c'est habile ! comme c'est honnête ! et *pacifique* surtout !.....

Or, à présent que nous connaissons le fond du sac, et que les aménités de M. Considerant me donne le droit de lui parler sans flatterie ni déguisement, je suis tout à fait à mon aise pour répondre à ses interpellations.

La phrase de la *Démocratie pacifique* qui a motivé de la part de la rédaction du *Peuple* le reproche de *trahison* et d'*apostasie* est la suivante :

« *Le socialisme violent a seul fait les frais de la déplorable et sanglante bataille « de juin,* »

Par ces paroles, la *Démocratie pacifique* se séparait de toute la partie du socialisme qui ne relève point du phalanstère, et dont *le Peuple* est l'un des représentants ; elle accusait ce socialisme d'avoir fait les journées de juin ; elle repoussait, quant à elle, toute solidarité dans ces tristes événements ; elle se lavait les mains, comme Pilate, du sang répandu. Ce fut cette scission de la *Démocratie pacifique* que *le Peuple* qualifia d'apostasie et de trahison.

Vainement, dans son numéro du 2 février, la *Démocratie pacifique* a-t-elle prétendu qu'il n'y avait dans ses paroles aucune pensée scissionnaire ; que sa phrase avait une tout autre signification ; qu'elle avait voulu dire seulement que *la fraction du socialisme entrée dans l'insurrection de juin était essentiellement égarée.* — M. Considerant vient lui-même aujourd'hui démentir cette escobarderie de ses co-rédacteurs.

« C'est pour nous, me dit-il, un devoir impérieux de marquer en termes qui ne permettront plus qu'on les confonde, l'abîme qui sépare NOTRE socialisme pacifique, démocratique et organisateur, de VOTRE socialisme destructeur et sauvage..... Vous avez lancé contre la propriété des attaques furibondes, propres à incendier les esprits faibles et les âmes ardentes ; et vous n'avez pas même l'excuse d'une conviction révolutionnaire et d'un but quelconque..... Quels prétextes restent à vos fureurs révolutionnaires contre la propriété, et où trouvez-vous maintenant l'excuse et la moralité de l'insurrection intellectuelle *que vous avez tant contribué à allumer contre elle ?* Quels sens avaient et ces fureurs et cette insurrection, pour aboutir à cette déclaration et à l'organisation de quoi ?..... »

Voici donc un premier point qui reste acquis au débat, malgré les dénégations et les désaveux de la *Démocratie pacifique.* C'est que M. Considerant et ses amis, qui depuis vingt ans déclament contre la civilisation ; qui divisent historiquement le genre humain en deux grandes catégories, les civilisés et les harmoniens ; qui se servent tous les jours de locutions comme celle-ci : *Vous autres civilisés !*—qui ne cessent de battre en brèche le ménage , la famille , la propriété même ; car ils ne veulent pas de la propriété ACTUELLE : c'est une AUTRE FORME de propriété qu'ils préconisent ; — M. Considerant , dis-je , et ses co-sectaires répudient toute solidarité avec les *sauvages* qui, en juin, sans songer au ménage et à la famille, et tout en respectant les propriétés, se sont insurgés contre une civilisation qui les affame.

Il n'y a rien de commun, dit la *Démocratie pacifique*, entre mon socialisme et le socialisme des sauvages de juin!... Sans doute que lesdits sauvages n'avaient point assez fait pour mériter les éloges de la *Démocratie pacifique* ! Il eût fallu , pour lui plaire, faire ménage commun, propriété commune , famille commune , changer, en un mot, Paris et la France en phalanstères ! C'est parce que le socialisme de juin n'a rien compris à la révolution démocratique et sociale, telle que l'entend la *Démocratie pacifique;* parce qu'il a méconnu sa véritable mission, que M. Considerant et les siens s'en séparent, font scission! Leur socialisme est le *bon socialisme*, socialisme pacifique et organisateur ; notre socialisme, à nous, est le socialisme *violent, sauvage, désorganisateur, incendiaire;* et moi, le citoyen Proudhon, j'en suis l'EROSTRATE !...

Eh bien ! cette scission, désormais avérée, avouée de la *Démocratie pacifique*, est-ce apostasie, comme l'a prétendu le *Peuple?* est-ce trahison, ou bien seulement couardise? C'est ce qu'il importe d'examiner ; car de l'appréciation que j'aurai faite de la conduite de la *Démocratie pacifique* résultera ma réponse aux invectives de M. Considerant.

Je me hâte de le dire : il n'y avait là n'y apostats ni traîtres; et si je me fusse trouvé au bureau du *Peuple* lorsque furent écrites les malencontreuses paroles qui ont servi de prétexte à M. Considerant, je les aurais supprimées, comme manquant non pas précisément de justice, mais de justesse. Ceux que le *Peuple* avait à signaler après l'article de la *Démocratie pacifique* n'étaient que des intrigants ou des dupes.

On n'est, dit le proverbe, *jamais trahi que par les siens.* Comment la *Démocratie pacifique* pourrait-elle trahir ou apostasier le socialisme, elle qui, par ses mystères, ses attractions, son illuminisme, son adoration du capital, son amour déclaré du privilége, sa politique occulte, est aussi étrangère, aussi hostile à l'idée socialiste qu'à l'idée démocratique?...

La *Démocratie pacifique*, organe quotidien de la prétendue école sociétaire, est, avec *la Phalange* qui lui sert de complément, une sorte de déversoir de toutes les folles absurdités et impuretés de l'esprit humain. Ce déversoir a pour enseigne le nom du plus grand mystificateur des temps modernes, Fourier, pour objet apparent la métamorphose sociale, pour but réel *une spéculation d'intrigants sans principe*, sans théorie, et dont tous les moyens se résument dans ce mot de Tacite travesti par M. Considerant, *servilisme !*

Tout le monde a entendu parler de la prétendue *théorie* de Fourier, de la *science* découverte par Fourier, du *système* de Fourier. C'est, je le répète, la plus grande mystification de notre époque. Malgré le fatras énorme qui nous reste de cet halluciné, il n'y a ni science, ni théorie, ni système de Fourier; et je mets au défi M. Considerant et toute son école de citer de cette science tant prônée trois propositions qui se suivent et s'enchaînent, trois observations, trois formules. Je le défie de me citer le commencement de cette science, à laquelle tant de gens croient sur parole, et dont le premier mot n'a été dit à personne. Je le défie d'apporter la preuve qu'il existe en tout Fourier rien qui mérite le nom de théorie, science ou système ; de fournir un fait psychologique ou social de quelque importance, que Fourier ait le premier observé, analysé ou expliqué ; une seule loi qu'il ait démontrée, un seul principe dont il ait enrichi la connaissance humaine.

Ce n'est pas seulement, comme on voit, la théorie agricole-industrielle, soi-disant enseignée par Fourier, et propagée à si grands frais par M. Considerant, dont je révoque en doute l'existence ; c'est la valeur scientifique de *tous les travaux* de Fourier, de quelque façon qu'on les envisage, que je nie. Fourier, comme économiste, métaphysicien, réformateur, inventeur, savant enfin, n'existe pas. J'ai connu l'individu, j'ai lu tous ses bouquins : je suis encore à chercher l'homme de science, l'homme d'intelligence. Si M. Considerant en a quelque nouvelle, je le somme d'en faire part à ses lecteurs ; car il y a trop longtemps que cette mystification dure et que le public est dupe.

Mais n'ayez peur que ni M. Considerant ni pas un de ses acolytes réponde à la sommation ; n'ayez peur qu'ils vous disent, une fois, ce que c'est que la théorie de Fourier, l'organisation du travail par Fourier. Ils vous renverront à leurs brochures ; ils vous offriront un abonnement ou vous parleront argot : de science, rien! M. Considerant, en qui je me plais de reconnaître autant de savoir qu'il me reproche d'ignorance, n'avait de positif que ce qu'il a appris au collége et à l'école Polytechnique. De Fourier, son vénéré maître, il n'a hérité que le galimatias et les barbarismes. Plus qu'aucun des sectateurs ou exploiteurs du fouriérisme, M. Considerant a contribué à répandre dans le monde cette plaisante opinion qu'il existe une doctrine phalanstérienne. Aujourd'hui qu'il calomnie les socialistes sérieux dont la concurrence énergique menace d'engloutir son *commerce de rogatons*, je le défie, pour la cinquième fois, de publier dans son journal et de livrer à la discussion le premier élément d'une science sociale d'après Fourier.

Certes, il faut que je sois bien sûr de mes paroles quand je viens dire aux abonnés de la *Démocratie pacifique : Il n'y a point de théorie de Fourier, point de science sociale* d'après Fourier, par conséquent *point de socialisme phalanstérien ; il n'y a qu'une coalition de* CHARLATANS, dont *vous n'êtes tous que les misérables dupes!* Eh bien! que M. Considerant produise ses raisons : qu'on entame une critique ; qu'on fasse le tamisage des élucubrations de Fourier. Jamais occasion plus solennelle, plus décisive ne s'est offerte de faire sortir victorieusement l'idée du *Maître, si tant est que jamais idée ait été conçue sous ce crâne éburné.* Le socialisme de Fourier a suffisamment agité le monde : qu'on sache, enfin, si l'homme idole de la *Démocratie pacifique* fut le plus merveilleux des génies ou le plus colossal des fous.

En attendant qu'il plaise à M. Considerant de soutenir, par des arguments positifs et des faits probants, ce qu'il appelle le *bon socialisme,* et ce que j'appelle, moi, le socialisme faux, ridicule et jaloux de la *Démocratie pacifique,* je lui rappellerai, par la conduite qu'il tient depuis plus de vingt ans et par le mot de Tacite : *Omnia serviliter,* que s'il a encouru et attiré sur son *école* la méfiance des socialistes démocrates, il n'a point à m'en accuser, il ne doit s'en prendre qu'à lui-même. La vérité eut de tout temps pour compagne la franchise. Que M. Considerant *se remémore les tergiversations de toute sa vie,* et s'il n'y rencontre pas la fin de non-recevoir qui rend si impopulaire le parti dont il est le chef, il y verra du moins l'excuse de l'incompatibilité d'humeur qui s'est déclarée tout à coup entre la *Démocratie pacifique* et *le Peuple*.

Après la révolution de juillet, quand il semblait que la philosophie du *Constitutionnel* allait effacer pour jamais ce qui restait en France de catholicisme. M. Considérant, dans un discours à l'Hôtel-de-Ville, parlant au nom de sa secte, osa s'écrier : *Nous ne sommes pas chrétiens !* Le mot fut recueilli : *c'était une flatterie au libertinage du moment.*

Depuis, le vent a soufflé aux idées religieuses ; on s'est aperçu que le préjugé chrétien résistait à l'inoculation du *dogme* fouriériste, que la morale de l'Evangile faisait reculer celle du phalanstère. Dès lors, on s'est appliqué à dissimuler les données anti-chrétiennes du monde harmonien ; on a fait avec le ciel des accommodements ; on s'est mis à prouver que Fourier était le continuateur de Jésus-Christ. Flatterie au clergé et aux jésuites.

Cette tactique n'a jamais varié : elle constitue tout le système.

Les vues de Fourier sur les rapports des sexes sont diamétralement opposées au mariage et à la famille. Après avoir sollicité la fibre épicurienne du pays, on a senti que la conscience publique répugnait à cette turpitude des amours libres, et pendant que l'on continue d'initier les fidèles aux *Amours des saints* (1), on proteste devant les profanes du respect le plus profond pour la famille et le mariage. On accuse même, au besoin, le socialisme violent de vouloir la communauté des biens pour arriver plus vite à la communauté des femmes. Ainsi le veut l'intérêt de l'ordre : périsse le socialisme plutôt que le fouriérisme ! Ainsi le prescrit la tactique de M. Considérant.

La *Démocratie pacifique* est fondée. Pourquoi ce nom, donné à une feuille phalanstérienne ? « Afin, dit naïvement M. Considérant dans son prospectus, d'absorber, d'annihiler le parti républicain, la démocratie révolutionnaire, que le grand-prêtre de la secte regardait alors comme le plus grand obstacle à l'avènement du fouriérisme. » A présent M. Considérant est républicain, démocrate, voire même révolutionnaire ; il le dit du moins. Mais prenez garde ; il en est de son républicanisme comme de son socialisme : il ne tiendra pas au premier tour de roue de la fortune.

L'histoire serait longue des évolutions de M. Considérant. Je viens à ce qui me regarde.

Depuis huit mois, pressé par les événements, et devançant mes propres conclusions, j'ai jeté dans le monde l'idée du crédit gratuit et de la Banque du peuple. J'ai démontré que le problème social était tout entier dans la circulation, chose dont la *Démocratie pacifique* ne s'était point avisée jusque-là ; — que la circulation était le fait capital et culminant de la société, elle devait, si elle était centralisée et organisée démocratiquement, modifier peu à peu et transformer la forme actuelle de la possession, autrement dire la propriété, et changer la base de la société.

La *Démocratie pacifique* a commencé par faire la guerre à ces idées. Elle les combat encore ; car elle les revendique comme siennes, et pour faire croire au droit de son oracle, elle m'accuse de les avoir défigurées ! Ainsi l'idée du crédit gratuit ne m'appartient pas ; cette idée est de Fourier : seulement il a entendu la

(1) Titre d'un manuscrit de Fourier.

gratuité du crédit autrement que moi! Chose singulière! le crédit gratuit dans Fourier ne dérive pas de l'improductivité du capital ; c'est tout autre chose que le crédit gratuit de la Banque du peuple! Concevez-vous deux matières différentes de donner quelque chose pour rien ? Et comment, si le crédit gratuit d'après moi est tout autre chose que d'après Fourier, suis-je un voleur, un contrefacteur, un faussaire?

Ainsi encore, l'idée de la Banque du peuple n'est point de mon invention : elle est due à Fourier, qui l'avait produite sous la triple formule de *consignation continue, évaluation antérieure, compensations arbitrées*, et à qui, mal et méchamment, je l'ai dérobée. J'ai beau dire que le principe de ma banque est la généralisation de la lettre de change ; qu'elle est tout le contraire de ce que supposent les formules de Fourier, *consignation continue*, etc.; qu'elle ressemble aussi peu aux comptoirs phalanstériens qu'à ceux de M. Garnier-Pagès. N'importe, je suis un lâche zoïle, un vil plagiaire. M. Considerant, qui, à l'heure qu'il est, ne m'a pas encore compris, l'affirme. Hypocrite hommage rendu à une idée qu'on m'accuse d'avoir prise, parce que l'opinion lui semble favorable, et qu'on me renverrait si on la voyait délaissée.

Depuis près de dix ans que je m'occupe d'économie sociale je n'ai fait et voulu faire aucune chose que des analyses des principes qui régissent la société. J'ai déclaré que, selon moi, pour arriver à la vérité sociale , il fallait procéder par une négation continue, systématique, comme la civilisation elle-même. J'ai montré que toute négation supposant une affirmation qu'il était toujours facile de dégager, un système de négations supposait aussi un système d'affirmations, et qu'ainsi la démolition méthodique de la société était adéquate à la reconstruction de la même société. Les esprits exercés aux nouvelles méthodes philosophiques ont compris cette théorie féconde, et, sans que j'eusse encore décrit le système positif qui résulte de l'ensemble des négations antérieures, en ont deviné toute l'économie.

M. Considerant, averti par l'opinion, n'a pu s'empêcher de reconnaître qu'en effet j'étais un incomparable destructeur. A cet égard, il me donne des éloges dont il est loin de soupçonner la portée et qui seraient capables de faire tourner une tête dix fois plus forte que la sienne. Mais comme il n'y voit pas plus loin, il me dit, par forme de conseil amical, que mon rôle de destructeur, d'Attila, d'Erostrate, de BOURREAU est fini ; que les réactionnaires se moquent de moi ; et que je n'ai plus qu'à déguerpir et faire place aux véritables organisateurs, aux vrais socialistes, c'est-à-dire à M. Considerant et ses collaborateurs.

Ah! monsieur Considerant, *Il est trop tard pour la retraite!* Votre dernière heure a sonné. Vous avez passé vingt ans sans rien fonder, sans rien faire ; vous avez consommé je ne sais combien de millions à payer les folies de Clairvaux, de Rambouillet, et d'ailleurs ; *les sottises de votre propagande, les tartines de votre insipide journal.* Vous avez épuisé la complaisance de l'opinion, fatigué la curiosité, lassé jusqu'au dévouement. Votre *incapacité* éclate jusque dans votre dépit. Accusez, calomniez, dénoncez le citoyen Proudhon : une attaque de plus ou de moins ne peut plus l'émouvoir, et de votre part elle ne lui inspire que pitié. Faites tous vos efforts pour empêcher la Banque du peuple : dites que l'improductivité du capital est la violation du droit au travail ; que le crédit gratuit doit être payé; que les révolutions ne consistent pas à détruire de vieux abus, mais à en créer de nouveaux. Votre parole est comme un cuivre enduit de plomb, une cymbale fêlée. Vous êtes mort, vous dis-je, mort à la démocratie et au socialisme ; la révolution vous a tué le 24 février. Ce qui parle, ce qui écrit, qui jargonne, qui déblatère sous le nom de Victor Considerant, n'est plus qu'une ombre, l'âme d'un trépassé qui revient parmi les vivants demander des prières. Va, pauvre âme, je vais réciter pour toi *le De profundis*, et je donnerai quinze sous pour te faire dire une messe.

P.-J. PROUDHON.

(*Le Peuple.*)

EN VENTE

PROFIL POLITIQUE DE M. GUIZOT

PAR SATAN

ÉDITION POPULAIRE A 15 CENTIMES.

Paris. — Société Typographique. E. Desoye et Cⁱᵉ, 32, rue de Seine.